LES COPAINS DU COIN

TOUT LE M À L'EAU!

D1515863

Larry Dane Brimner • Illustrations de Christine Tripp
Texte français d'Hélène Pilotto

Éditions
■SCHOLASTIC

À Amanda et Jillian O'Karma
— L.D.B.

À ma mère
— C.T.

Catalogage avant publication de la
Bibliothèque nationale du Canada

Brimner, Larry Dane
Tout le monde à l'eau! / Larry Dane Brimner;
illustrations de Christine Tripp;
texte français d'Hélène Pilotto.

(Les Copains du coin)
Traduction de : Unsinkable!
Pour enfants de 4 à 8 ans.
ISBN 0-439-96267-6

I. Tripp, Christine II. Pilotto, Hélène III. Titre.
IV. Collection : Brimner, Larry Dane. Copains du coin.

PZ23.B7595Tou 2004   j813'.54   C2004-902789-1

Édition publiée par les Éditions Scholastic, 175 Hillmount Road, Markham (Ontario) L6C 1Z7.

5 4 3 2 1   Imprimé au Canada   04 05 06 07

Un livre sur

la persévérance

Alex regarde le badge de Gaby.
Il regarde celui de JP. Sur les deux
badges, il est inscrit : « J'ai réussi! ».

— Ils sont chouettes, vos badges!
dit-il.

Puis, baissant les yeux vers la
piscine, il ajoute :

— Je ne réussirai jamais à en
avoir un.

— Mais oui, dit Gaby.

— Essaie au moins, dit JP. Les Copains du coin essaient toujours.

Les trois amis se surnomment les Copains du coin parce qu'ils habitent tous les trois le même immeuble, au coin de la rue.

Alex tente de sourire. Gaby et
JP sont d'excellents nageurs.
Ils nagent facilement d'un bout à
l'autre de la piscine, sans s'arrêter.
Alex se dit qu'il ne sera jamais
capable de nager sur une aussi
longue distance. Il n'aura jamais
son badge comme les autres.

Au même moment, un coup de sifflet retentit. C'est Kim, la monitrice. Elle tient un sac de badges.

— Qui veut tenter sa chance? demande-t-elle.

Alex recule d'un pas, mais Gaby
et JP le retiennent.

— Alex veut essayer! crie Gaby.

Avant d'avoir pu protester, Alex
se retrouve à l'eau.

Il remue bras et jambes, puis il
s'arrête pour reprendre son souffle.
Il est encore très, très loin de l'autre
bout de la piscine.

Alex sort de l'eau.

— Bien essayé! lui dit Kim.
Qui est le prochain?

Pendant les deux jours suivants, Alex essaie encore. Chaque fois, il est trop fatigué pour compléter la distance. Il atteint difficilement le milieu de la piscine.

— J'abandonne, annonce-t-il à Gaby et à JP, quand ils retournent tous les trois à la piscine. Pourquoi faire tant d'efforts pour un badge ridicule?

— Tu ne peux pas abandonner, dit Gaby.

— Les Copains du coin n'abandonnent jamais, ajoute JP.

Alex soupire en se disant qu'il est incapable de réussir.

Il saute quand même à l'eau.

En peu de temps, il atteint le milieu de la piscine.

Le voilà rendu plus loin qu'il n'a jamais été.

Il nage de toutes ses forces.

— Excellent travail! s'exclame Kim, quand Alex touche l'autre extrémité de la piscine.

Elle lui remet son badge.

Alex le contemple un moment.
Puis, avec un grand sourire,
il s'écrie :

— J'ai réussi!

Tout le monde est ravi.